roman rouge

Dominique et Compagnie

Sous la direction de
Agnès Huguet

Johanne Mercier

Arthur et les vers de terre

Illustrations
Christian Daigle

**Catalogage avant publication
de Bibliothèque et Archives Canada**

Mercier, Johanne
Arthur et les vers de terre
(Roman rouge ; 50)
Pour enfants de 6 ans et plus.

ISBN 978-2-89512-616-4
I. Daigle, Christian, 1968- .
II. Titre. III. Collection.

PS8576.E687A77 2007 C843'.54 C2006-942345-8
PS9576.E687A77 2007

© Les éditions Héritage inc. 2007
Tous droits réservés
Dépôts légaux : 3e trimestre 2007
Bibliothèque et Archives nationales
du Québec
Bibliothèque nationale du Canada
Bibliothèque nationale de France

ISBN 978-2-89512-616-4
Imprimé au Canada

10 9 8 7 6 5 4 3 2 1

Direction de la collection
et direction artistique :
Agnès Huguet
Conception graphique :
Primeau & Barey
Révision et correction :
Corinne Kraschewski

Dominique et compagnie
300, rue Arran
Saint-Lambert (Québec)
J4R 1K5 Canada
Téléphone : 514 875-0327
Télécopieur : 450 672-5448
Courriel :
dominiqueetcie@editionsheritage.com
Site Internet :
www.dominiqueetcompagnie.com

Nous remercions le Conseil des Arts du
Canada de l'aide accordée à notre programme de publication. Nous reconnaissons l'aide financière du gouvernement du
Canada par l'entremise du Programme
d'aide au développement de l'industrie de
l'édition (PADIÉ) pour nos activités d'édition.

Nous reconnaissons l'aide financière du
gouvernement du Québec par l'entremise
du Programme de crédit d'impôt pour l'édition de livres – SODEC – et du Programme
d'aide aux entreprises du livre et de
l'édition spécialisée.

*Pour Alain F.,
jadis vendeur de
vers de terre*

Chapitre 1

Mon nouveau travail

Je m'appelle Arthur. J'ai sept ans et, depuis dimanche, j'ai un nouveau travail. Je suis vendeur de vers de terre. J'ai commencé à m'intéresser aux vers à cause de mon canard, qui habite chez mes grands-parents. C'est son repas préféré. Quand je veux vraiment lui faire plaisir, je pars à la chasse aux vers avec lui. Dimanche dernier, c'est ce que j'ai fait. Et, comme c'était un jour de pluie et que la veille, c'était aussi un jour de pluie, j'en ai trouvé tout plein.

Quand grand-papa m'a vu arriver avec ma grosse réserve de vers, il a eu une idée :

– Tu devrais en vendre au bord de la route, Arthur.

– Mais personne ne voudra acheter des vers. Ce n'est pas tout le monde qui a un canard.

– Tous les pêcheurs du lac Pichette vont courir pour t'en acheter, mon petit bonhomme. Le seul problème…

Grand-papa s'est penché vers moi. Il a regardé à gauche et à droite, puis il a chuchoté :

– Le seul problème, c'est ta grand-mère.

– Pourquoi ?

– Elle n'aime pas tellement les vers de terre…

– Ce n'est pas grave. Je ne vais pas lui en vendre.

– C'est qu'il faut les ranger dans le frigo, Arthur. Tu comprends ? On doit les garder au frais.

—Dans le frigo ?

—Pas le choix. Avant de partir à la pêche, moi, je réussis toujours à cacher mes vers dans le frigo.

—Grand-maman ne les a jamais trouvés ?

—Jamais. Ton grand-père est rusé…

Comme grand-maman approchait, grand-papa et moi, on s'est mis à parler d'autre chose.

—Qu'est-ce que vous traficotez en-core tous les deux ? a demandé grand-maman en voyant mon seau plein de terre.

—Rien, on a répondu en même temps, grand-papa et moi.

—Vous voulez vendre des vers de terre ?

J'ai répondu oui, que j'en vendrais des millions, que je deviendrais très riche, qu'avec les sous je lui achè-terais un cadeau et que ce serait un bijou.

Grand-maman a ri.

– Tu es bien gentil, mon petit Arthur, elle a dit en retournant vers la maison.

Mais, tout juste avant de rentrer, elle a ajouté en me regardant avec des yeux fâchés :

– Pas question de mettre tes vers tout sales dans le frigo, tu m'entends, Arthur ? Ne fais surtout pas comme ton grand-père !

Et grand-papa a eu un drôle de sourire.

Chapitre 2

C'est parti !

Ma grand-mère est vraiment gentille. Même si elle n'aime pas tellement les vers de terre, elle m'a quand même aidé dans mon nouveau travail. Elle a sorti une petite table avec une chaise et elle a écrit « VERS À VENDRE » sur un carton. Mais, quand on a essayé de le faire tenir devant la table, il partait toujours au vent. On a laissé tomber l'idée du carton.

Grand-maman a placé un pot d'eau avec un verre et un petit gâteau sur ma table. Elle m'a souhaité bonne chance et elle s'est assise sur la galerie avec grand-papa. Moi, je suis resté tout seul au bord de la route avec mon canard et mes vers de terre.

J'ai attendu.

J'ai mangé le petit gâteau.

Et j'ai encore attendu.

Le problème, ce n'est pas que les gens ne s'intéressent pas aux vers de terre. C'est qu'il n'y a presque jamais

personne qui passe sur la petite route devant la maison de mes grands-parents.

Quand la première voiture s'est arrêtée juste devant ma table, mon cœur a failli éclater, tellement j'étais nerveux. De la galerie, grand-papa m'a crié :

– Tes premiers clients, Arthur ! Vas-y, mon gars !

J'ai pris une grande respiration.

Une dame est sortie de la voiture. Elle s'est approchée. Moi, j'ai dit :

– Bonjour madame, combien de vers voulez-vous ?

—Un grand et un petit, mon garçon.

—Les grands, c'est 7 sous, et les petits, 5 sous.

La dame a ri. Elle a dit que ce n'était vraiment pas cher et que je pourrais très bien les vendre 50 sous. J'ai répondu que j'étais d'accord. J'ai plongé ma main dans le seau. J'ai fouillé un peu et j'ai sorti un premier ver de terre. J'étais vraiment content parce que c'était un ver qui mesurait tout plein de centimètres.

– Oh ! doux Jésus, quelle saleté ! a crié la dame. Mais quelle horreur !

Sur la galerie, j'entendais grand-papa qui riait.

La dame est repartie vers sa voiture en annonçant au garçon qui l'attendait que je ne vendais pas de limonade mais des bestioles pleines de microbes. Le garçon est sorti en claquant la portière. Il n'avait pas l'air content du tout.

—J'ai soif! il a lancé, en s'approchant de ma table.

—Remonte immédiatement dans la voiture, mon chéri! a crié la dame.

Le garçon n'a pas écouté sa maman. Il m'a fixé dans les yeux et il a dit un truc vraiment horrible :

—Je veux le canard!

—Quoi? a demandé la dame.

—Achète-moi le canard!

La dame a regardé mon canard qui se promenait dans l'herbe en faisant semblant de n'avoir rien entendu.

— Combien, le canard ? s'est informée la dame en soupirant.

— Il n'est pas à vendre !

— Je veux le canard ! a encore crié son fils.

— Il est à moi, le canard. Je ne veux pas le vendre, ni le donner, ni le prêter, ni rien.

Le garçon a fait une crise terrible. Il disait que, toute sa vie, il avait rêvé d'avoir un canard, que c'était exactement celui-là qu'il voulait et qu'il ne partirait pas sans lui. Et il s'est mis à pleurer, même pas pour de vrai.

—Combien veux-tu pour ce fichu canard? m'a demandé la dame. 10$? 20$? 50$? 100$?

J'ai crié de toutes mes forces :

—GRAND-PAPA, VIENS VITE !

Mon grand-père est arrivé. Il a chuchoté un secret à l'oreille de la dame et la voiture est repartie en faisant tout plein de poussière.

• • •

À la fin de la journée, j'avais pris une grande décision. J'ai annoncé à mon grand-père :

– J'abandonne mon nouveau travail !

Rester assis au bord de la route à ne rien vendre du tout, ce n'était pas assez rigolo. Et puis, j'avais failli perdre mon canard, je ne voulais pas que ça recommence. Grand-papa m'a répondu qu'il ne fallait jamais abandonner dans la vie, même quand c'est difficile. Il a ajouté qu'il était certain que je vendrais tout plein de vers de terre le lendemain. J'ai demandé :

– Comment tu le sais ?

Il a répété qu'il le savait, et c'est tout.

Chapitre 3

Une journée magique

Le lendemain matin, grand-maman m'a fait des crêpes avant que je parte au boulot. Je me suis installé à ma table et une première voiture est arrivée. J'étais vraiment déçu quand j'ai vu que c'était seulement le cousin Eugène qui venait visiter mes grands-parents.

— Bonjour, Eugène ! a crié grand-papa. Quelle belle surprise ! Tu as vu ce que fait Arthur ?

— Je vends des vers de terre !

—Ah bon, a fait le cousin sans même me regarder.

—Eugène ? Tu n'encourages pas le petit ? a demandé grand-papa.

—Euh… oui. Bravo, Arthur ! C'est très bien !

—Tu vas lui en acheter, n'est-ce pas, Eugène ?

—C'est-à-dire que, personnelle-ment, je n'aime pas tellement les lombrics…

Mon grand-père lui a fait les gros yeux et Eugène a ajouté :

– N'empêche que c'est toujours utile d'en avoir sous la main. Je vais t'en acheter un, Arthur.

Grand-papa lui a encore fait les gros yeux et Eugène a dit :

– Je vais t'en prendre une douzaine ! On n'est jamais trop prévoyant.

J'étais vraiment content.

Le cousin Eugène m'a donné un dollar et j'ai mis ses douze vers dans une boîte. Il n'a même pas voulu que je lui rende la monnaie. Le plus

triste, c'est qu'il est reparti chez lui en oubliant ses vers sur la table. Vraiment distrait, le cousin.

Un peu plus tard, une deuxième voiture s'est arrêtée. Celle qui la suivait s'est arrêtée aussi. Puis une autre et encore une autre. Ce matin-là, tout le monde passait par la petite route. Tout le monde connaissait mon grand-père et tout le monde avait besoin de vers de terre. C'était un matin magique. Grand-papa m'aidait pour les sous et on rigolait vraiment, tous les deux.

Après le dîner, grand-papa m'a conseillé de me reposer un peu, mais moi, je n'étais pas fatigué du tout. Même si je n'avais presque plus de vers à vendre, je suis resté à ma table. Grand-papa, lui, a fait une sieste dans la chaise berçante sur la galerie. C'est vraiment dommage parce qu'il n'a pas vu le camion rouge qui s'est arrêté juste devant ma table. Ni le monsieur avec une moustache qui m'a crié :

— Est-ce que tu vends des vers, mon p'tit bonhomme ?

– Oui, monsieur.

– Je vais t'en prendre quatre cent cinquante !

– Combien ?

Il a répété :

– Quatre cent cinquante.

Et chaque fois que je lui demandais combien il en voulait, il me répondait toujours :

– Quatre cent cinquante.

Je lui ai dit que je pourrais lui donner ses quatre cent cinquante vers de terre mais seulement le lendemain matin. Et j'ai couru annoncer la bonne nouvelle à grand-papa.

Chapitre 4

Top secret !

Grand-papa a raison. Quatre cent cinquante vers de terre, c'est beaucoup. Surtout quand il fait soleil et qu'il n'y a même pas un seul petit nuage dans le ciel.

Les vers de terre, ce qu'ils aiment, c'est l'humidité. Alors, avec mon grand-père, on a décidé d'en fabriquer. On a arrosé le terrain derrière la maison, devant, sur le côté, partout. Et on a réussi à trouver trente-sept vers de terre en tout.

– Seulement trente-sept ? a répété grand-papa. Es-tu certain d'avoir bien compté, Arthur ?

– Trente-six, maintenant.

– Pourquoi trente-six ?

– Oups ! Trente-cinq…

– Ça suffit ! a grogné grand-papa. Il faut rentrer ce canard dans la maison ! Il mange tous nos vers ! On n'y arrivera jamais !

Grand-papa a saisi mon canard. Il a marché jusqu'à la maison en le grondant. Il a ouvert la porte et l'a déposé dans le salon.

Quand mon grand-père est revenu, le canard le suivait. Grand-maman l'avait remis dehors parce qu'elle n'aime pas tellement que le canard soit dans la maison quand elle passe l'aspirateur.

J'ai demandé à grand-papa :

– J'aurai combien de sous pour les vers ?

– Une trentaine de dollars.

– Qu'est-ce que je pourrai acheter?

Grand-papa a soupiré.

– Mon petit Arthur, je ne sais pas si on va réussir à trouver quatre cent cinquante vers de terre…

– Mais oui, on va réussir.

– C'est une très grosse commande.

– Tu dis toujours qu'il ne faut pas abandonner.

– Je dis ça, moi?

Grand-papa s'est mis à réfléchir…

– Tu as raison, Arthur ! On va essayer. Mais il faudra travailler même cette nuit.

J'étais d'accord pour travailler même pendant la nuit. De toute façon, moi, je n'aime pas tellement me coucher et ne rien faire.

– Je vais t'expliquer mon plan secret, Arthur.

– Pourquoi secret ?

– Si jamais ta grand-mère nous surprend à chercher des vers de terre pendant la nuit, on est cuits. Tu comprends ?

Je me suis couché très tôt. C'était la première partie du plan secret. J'ai fait semblant de dormir et, plus tard, grand-papa a fait le signal : trois petits coups sur le mur. Je suis sorti par la fenêtre de la chambre.

Grand-papa et moi, on s'est mis au travail. J'arrosais le terrain et grand-papa cherchait les vers. Je les plaçais dans des boîtes et j'allais les mettre dans le frigo en marchant sur la pointe des pieds. Grand-maman dormait dans la petite chambre du fond. Le plan secret marchait à merveille.

Mais j'ai tout gâché !

En essayant de faire un peu de place pour les vers dans le frigo, j'ai fait tomber un pot de confiture sur le plancher. Le bruit a résonné

dans toute la maison. J'ai voulu me sauver mais la lumière de la cuisine s'est allumée. Et elle ne s'était pas allumée toute seule…

– Arthur ? ! a demandé grand-maman.

– Oui ?

– Qu'est-ce que tu fais debout ?

– Je… je me… je…

J'étais cuit.

Chapitre 5

Mission de nuit

Grand-papa et moi, on a tout expliqué à grand-maman. La commande des quatre cent cinquante vers de terre, le monsieur avec la moustache et tout et tout. Elle nous a regardés avec un drôle d'air. Elle est retournée dans sa chambre puis elle est revenue avec sa robe de chambre et ses bottes de caoutchouc.

— Grand-maman, qu'est-ce que tu… ?

— Il vous faut de la méthode, Arthur !

On n'a pas une minute à perdre !
Je vais arroser avec le boyau. Toi,
tu éclaires avec la grosse lampe de
poche. Aurélien, tu ramasses les
vers. Mets cinquante vers par boîte,
ce sera plus facile à compter. Il vient
les chercher à quelle heure, demain
matin, ton monsieur ?

– À six heures.

– Et vous en avez ramassé combien déjà ?

– Cinquante-deux.

—Pas fameux ! a fait grand-maman en prenant le téléphone. J'appelle Eugène. Il va venir nous aider.

Le cousin Eugène a accepté. Il a demandé l'aide de son voisin, et le voisin a réveillé son fils pour qu'il vienne aussi. Et tout le monde s'est mis au travail. Grand-maman était le grand patron qui dirigeait les opérations.

—Arthur, éclaire ici ! Aurélien, creuse là. Eugène… Mais qu'est-ce que tu fais, Eugène ?

–Je surveille le canard : il veut tout manger.

–Au travail, Eugène ! Creuse !

À deux heures du matin, on avait cinq grosses boîtes pleines de vers, mais il en manquait encore.

–Si vous voulez mon avis, a déclaré le cousin Eugène en bâillant, il n'y a plus un seul vermisseau dans le coin.

— C'est aussi mon opinion, a ajouté grand-papa en essuyant ses mains pleines de terre sur son pantalon.

— Bonne nuit, tout le monde ! a dit le voisin du cousin.

— Bonne nuit ! a répété son fils comme un zombie.

— Tut tut tut ! a fait grand-maman. Il n'y a peut-être plus de vers ici, mais il en reste sûrement chez les Théberge !

Alors, on a envahi le terrain des Théberge, puis celui des Turcotte, et celui de madame Giroux aussi. Et on a réussi !

Chapitre 6

La livraison

À six heures pile, le monsieur moustachu est arrivé. Je l'attendais au bord de la route avec grand-papa et les quatre cent cinquante vers de terre. Je lui ai montré mes boîtes, tout fier.

Le monsieur a soupiré.

— Il y a un problème? lui a demandé grand-papa.

— C'est que… le voyage de pêche est annulé. Je n'ai plus vraiment besoin des vers.

C'était sûrement la pire nouvelle que j'avais jamais entendue de toute ma vie. Grand-papa et moi, on a failli se mettre à pleurer. Mais le monsieur a plongé sa main dans sa poche…

– Tiens, mon gars ! il a dit en me donnant 30 $ pour payer les vers qu'il n'achetait pas.

Il nous a remerciés et il est reparti.

– Qu'est-ce qu'on va faire avec quatre cent cinquante vers de terre ? a murmuré grand-papa. Si jamais ta grand-mère apprend qu'on a encore les vers, on est…

– J'ai peut-être une solution !

Et ce matin-là, grand-papa et moi, on a fait un super gros cadeau à mon canard.

Dans la même série

Arthur et le mystère de l'œuf

Achevé d'imprimer en juillet 2008
sur les presses de Imprimerie L'Empreinte inc.
à Saint-Laurent (Québec) – 74205